句集

立葵

武山八重子

文學の森

序

大牧　広

『立葵』の著者武山八重子さんは、「港」暁光集同人武山平さんのお母さんであり、ご自身も「港」未明集同人として作句にいそしんでいる。

いそしんでいる、と言うより全身を傾けて俳句を成している、と言った方が正しいかもしれない。

毎月、きちんと発行所へ俳句を送っておられることから、私がそれとなく思っているのは、毎日を端然として折目正しく日々を送っている作者の姿である。

毎月送られる俳句から、そのように思うのである。で、なぜそう思うのか、俳句を作句順に鑑賞して考えてみたい。

春の海月を浮かべてさみしさう

「さみしさう」という飾り気のない措辞が強い共感を誘う。夜の海は、独特のしずけさと、さみしさがある。さみしさをみちびき出すのは、月と波音、その二つだけで無限のさみしさに襲われる。

この共通した気持を、むしろ無垢に詠んでいるところに素朴な作者像を思うことができる。

老鶯や爺様の愚痴を孫消して

人は齢をとってゆくと、ままならぬ膝や腰、そして身の回りのできごと、これらに対して、つい愚痴をこぼしてしまう。その愚痴を元気盛んな孫がなぐさめるように振舞う。ああ孫はいいものだ、そんな気持がつたわる一句である。

賀状来る今年も二・三かくれんぼ

毎年年賀状を送ってくれる人が、ことしは二・三人すくないような気がする。理由は、はっきりとわからない。届かぬ理由は、うすうすわかるが、まあ「かくれんぼ」にしておこう。
人は生れては死ぬ、それが真理、だから「かくれんぼ」にしておいた方がいい。禅の味までつたわる。

春の夢これは地獄か正夢か
身一つただ呆然と冴返る
弥生尽うらむことすらままならぬ
ふる里も思ひ出もみな春の海

武山八重子さんの家は、屋根と柱だけを残して、あの三・一一の津波に流されたと聞く。
まさに、その現実は地獄か、あるいは悪い夢を見ているのではないか。ただ呆然と恨む気力さえ失われている。あの故郷の思い出もどす黒い波が奪って行った。いまでも三・一一の画面を見るとかならず筆者も泪を流している自分に気づく。

友が来る愚痴と希望と雪連れて

震災後に会った友であろう。愚痴が出るかと思えば、希望を思わせる動作振舞も見せる。
その友もきっと震災で被害を受けた人かもしれない。ゆえに明るさと暗さの動作が目に立つのである。

畑打ちて野菜つくるぞ生きるため

強く明るい俳句として感銘した。
津波で田畑に塩分がしみこんでしまったが、それならば、畑を打ち直せばよい。何回でも打ち返せばよい。生きるため野菜をつくるためである。
これほどの意志的な俳句に接することができて筆者も心を強くした。

隣人も友人も消え盆用意

隣人も友人も震災のため視界から消えてしまった。そして盆が来る。かつての隣人達は今は居ないが、祖先との年一回の再会の日はなんとしても大切にしなくてはならない。それが故郷再生への道でもある。

巣作りの家流されて飛ぶ燕

元気よく翔んでいる燕だけに哀れさを感じる。本能のアンテナで巣作りをした家屋の在り処を察知したのかもしれないが、燕の眼に映るのは、よごれた水だけ、燕はとまどいつつも飛翔をくり返している。

まさに哀れな燕である。

『立葵』には、こうした震災関連句が多いが、あえて強く言えることは、そうした震災句であっても、つねに温かい「おふくろ」のような視線を感じるということである。

未曾有の大災害であったから、当然、苦しさ・さみしさは訴えているが、一句一句のうしろには毅然とした日本のお母さんのような奥深い温かさが感じられる。

そうした味わいのある作品を抽いてみる。

初日の出今は瓦礫に手を合はす
原発め新緑さへも悲しさう
捜せども泣けども友は春の海
七代目の男の曾孫豊の秋
許しておくれ冬囲てふ束縛を

花筏友への便りのせてみし
魂祭骨片さへもなき友ら
浜に生くまたも二人で松飾る
よろけても杖と爺様と年用意

鎮魂と元気をかもし出す一書『立葵』を多くの人が読んで下されば、ありがたいことと思っている。

平成二十八年　若葉萌ゆる日に

句集　立葵／目次

装画　佐々木静江
装丁　クリエイティブ・コンセプト

句集　立葵

老鶯や

平成十九年～二十一年

平成十九年

波白き遠くに霞む五つ島

春の海月を浮かべてさみしさう

まだらぼけ孫に諭され四月馬鹿

猫の子と新聞を見し鼻眼鏡

道ばたにそつと寄りそふ二輪草

過疎が好き燕飛び立ち燕来る

金華山入道雲と背くらべ

夏燕爺の自慢は男孫

夏祭路地の綿飴食べたくて

出漁に鷗飛び立つ愛鳥日

犬鳴けば虹を傘にし高野槙

老鶯や爺様の愚痴を孫消して

虹の橋山河を越えて水平線

梅雨晴間にぶく光りし庭の石

過疎なれど筍飯に孫集ふ

その昔蛍遊んだ蚊帳の中

賑はひを洗ひ流して土用波

七夕に砂粒ほどの願かけて

過疎自慢して蜩のむなしかり

速すぎて祈りの途中流れ星

お中元賞味期限といふ此岸

田舎とて蜻蛉飛びます座敷まで

世界中座って見える夜長かな

雨止んではっとびだす前後かな

鰯雲空がたりなく海までも
それぞれに並べた土産栗と柿

背を丸め頬被りして柿を剝く
団栗と遊びし孫も遠くなり

知らぬ間に白髪と皺や大根干す

凪の海蒲団をしいて寝てみたい

平成二十年

叶ふなら金庫に入れたき初日の出

干柿を数へし昭和初便り

賀状来る今年も二・三かくれんぼ

囲炉裏の火昔話と祖父がゐた

赤く咲く赤も淋しき寒椿

利休忌のいつも笑顔の布袋様

蕗の薹かをりも包み送りけり

春ショール物のなかつた昭和生き

土手の芝踏まれ踏まれて春暑し

燕来る異国の匂ひつれて来し

桜咲く叔父は二十で散りにけり

伝はりし桜今年も庭に咲く

古き巣に今年も燕姿見せ

入退院に俳句忘れゐし首夏

失せ物の増えしこのごろ卯の花腐し

空梅雨に野菜も犬もうなだれて

さくらんぼ今年も届きたる安堵
オートバイ自由に走る夏の浜

贅沢を入道雲に叱られし

蟬時雨ぐわんこ爺との根競べ

じゃがいもで繋ぎし命海閑か
忘れよう忘れようとて終戦日

つぎつぎと夫に媚びゐる今年酒

台風の避けて行くなり過疎の里

敬老日痛む手足を友として

畑仕事我を叱るは秋の蟻

山が呼ぶ茸に呼ばれ腰伸ばす

赤蜻蛉北に向かひし雲連れて

干柿は少し低めに背伸びする
あざやかに色付きし葉よ秋寂し

納屋仕事愚痴と木の葉が落ちてくる

平成二十一年

年賀にはつくり笑顔で元気だと

獅子舞の寂しくなりぬ老いの村

痛む身の集まりてをり若菜粥

福寿草心ぬくめる孫が来る

もろく折れたり強がりの霜柱

不景気も昭和の身にはまだ時雨

よろけたりでつかい氷柱自慢して

沖の島波のシャワーで雪おろし
春の雪春を隠してしまひけり

春うらら島を数へてをりにけり

竹の秋親竹子竹おじぎする

好きだから傘に入れしは白牡丹

昼寝覚夢の父母正座して

忽ちに愚痴を消し去る冷奴

娘との昼寝五十年ぶりなりし

五月晴若葉のやうな孫立ちぬ

虹が出た空と海とが帯となり

かそかそと過疎が自慢の夏祭

きみも休業したのですか蛍よ

雨雨雨松葉牡丹の明るさよ

平和でもやはり切ない終戦日

漁火に昭和の夜長よみがへり
握る手の辛く切ない夜長かな

病室に笑ふ声して小鳥来る

台風来我が家も今は嵐なり

車椅子押すしあはせや鰯雲

お襁褓取れ喜ぶ夫に虫の声

身の恙負けてなるかと冬支度

カレンダー寒くなるのに薄すぎる

病む夫に笑ひ話の愚痴寒し

知らぬ間にただうろうろと年詰る

かけ声と蒲団のぬくみ持ち上げし

婆まねて干大根のしんなりと

次々と葬礼続く年の暮

盆波や

平成二十二年～二十三年

平成二十二年

たくましく見つめる孫と初景色

お年玉孫からもらひ頬つねる

我にまだ出番あるぞと七日粥

庭の松雪の重さに耐へてをり

春雪に足をとられて齢知る

藪椿精一杯に赤く咲く

合格とびんびん響く孫の声
巣立鳥孫は遠くに行くんだよ

花筏明日もまたよき日であれと
海と空みごとに隠す花霞

花祭里ふくらみて人こぼれ
初蕨折らるるために背伸びして

みな商人となりし潮騒まつりかな

大西日区画整理の田は広き

余されて田んぼ悲しむ麦の秋

雨粒のかけら残して山に虹

炎天や昭和の空は暗かつた

炎昼や我も草木もしなびをり

数へれば六十五年終戦日

乗り心地いかがと問ふや茄子の馬

いつの間にか燕の家族帰りけり

思草昭和の星が一人旅

生きてゐる薬と愚痴と菊の花

敬老日祝辞に足の痺れたる

金木犀家の中までついてくる

山粧ふかつて野良着に身を包み

古酒を明日は大漁と飲みし父

顔の皺これも勲章菊の花

里芋に花が咲いたと大騒ぎ

腰を病み膝足順に年を越す

餅ついて寝具を出して孫来るぞ

少しづつ簡単になり煤払ひ

平成二十三年

初春や爺様も我も八十路なる

まつ赤だよ夕焼色の雪が降る

あれこれと気遣ひし娘に雪しぐれ

強風に負けじと咲きし梅の花

土匂ひ強気な爺様動き出す

風の日の思はずふれしふきのたう

春炬燵写真の我はまだ若い

春の夢これは地獄か正夢か

身一つただ呆然と冴返る

弥生尽うらむことすらままならぬ

ふる里も思ひ出もみな春の海

生き延びし瓦礫の街にはだら雪

この里にまた住めるのか影おぼろ

友は今竜宮城か花曇

何もかも消えた里浜燕来る

二十五の家が消えても燕来し

避難所に慰問に来たか四十雀

思ひ出と友とを問ふは卯波だけ

爺様と明日を信じて小豆蒔く

隣人を止める術なく梅雨に入る

またひとり地区を出るなり遠花火

盆波や余震のたびに皆無口

海めでてかなかな聞きし縁側は
望の潮元気を出せと満ちて来し

秋風や廃車積まれし里の浜

砂浜に皆で友の名鰯雲

いつまでも愚痴るな明日へ盆が来る
友久し蜻蛉眺めつ泣き笑ひ

里浜の荒れゆくばかり虫時雨

全壊の家に帰れば釣瓶落し

海荒れて鳴く海鳥や鳥渡る
廃屋で爺様と聞く望の潮

今更に鳥肌立つよ種茄子

残菊やまだら惚けでもまだ勝ち気

ただ虚し実りの秋の何もなく
柿食へばあの日の波のよみがへり

元気だよ生きてゐたよと山粧ふ

二階からあの日の砂を出す小春

海鳴りに鷗鳴く泣く枯芒

友はみな西へ東へ山眠る

木枯の連れて来たのは良き便り

湯豆腐や戻りたいのに家は海

もの言はぬ写真笑うて雪催

蝉いづこ

平成二十四年〜二十五年

平成二十四年

初春や孫の婚約夢に見て

初日の出今は瓦礫に手を合はす

福寿草傘寿過ぎても先読めぬ
廃屋の庭の山茶花誰を待つ

体までつぶされさうな冬の雲
友が来る愚痴と希望と雪連れて

海が鬼節分の豆海にまく

荒れしまま鮎の上りしあの小川

鳥帰る我を待たずに帰るのか
思ひ出しまた辛くなる春の雲

かをかをと白鳥帰るかなしげに

またひとり旅立つ孫や薄紅梅

芽吹きたる小さき命や我も生く

三月や廃車積まれし浜に草

春寒や東京に花咲いたと言ふ

畑打ちて野菜つくるぞ生きるため

余震なほ二度と怒るな春の海

里荒れて人影のなし黄水仙

蟬いづこ

風のまま心ひらひら桜散る
春どっと緑さまざま忙しや

お帰りと言ひてくれしは燕だけ

泳ぐ家の一軒もなし鯉のぼり

鍬杖に腰を伸ばせば桐の花

五月雨や黙したままの瓦礫山

お日様と娘の匂ひ夏蒲団

古里や聞こえぬ耳に雷が

梅雨寒し友の化身か鷗鳴く

戻りしを話すは蛍だけとなり

新ジャガを今年は食へる泣けてくる

今年竹更地の里は広すぎる

草むしる尻もちつくも楽しかり

蟬いづこ今年は何故か鳴かぬ蟬

なぜ不味い昔桑の実旨かつた

久々に友が涙と穴子下げ

立葵友の姿の重なりて
コスモスとわたしの影があるばかり

友の顔ばかりがうかぶ盆の月

高台にみんないつ来る秋の蝉

淋しくて西瓜切つてもまだ淋し

瓦礫山虫のすみかとなりにけり

新米を炊きても無口夫と義母

山粧ふ人の姿の見当たらず

遠慮なく頰被りしてきのこ採る

砂浜の消えて瓦礫の山冷ゆる

泡立草瓦礫山まで手中にす

波音のやけに気になる夜長かな

軒狭く干柿どこか寂しさう

家の無き里に白鳥の一団

瓦礫山雪に埋もれて切なからう

平成二十五年

夜更しと朝寝が得意福笑ひ

凧揚げや孫とよろけてをるばかり

冬怒濤友の手がかり連れて来い

この里に春はいつ来る波の音

角巻きや友の骨片見当たらず

その話明日は我が身と雪に問ふ

あの家も笑顔も庭も消えし春

打ち寄せし波や我が身の凍返る
一輪の梅に力をいただきぬ

荒れし海そつと菜の花投げてみし

波被りしも梅は強いぞ凛と咲く

瓦礫山消えて淋しき春の海

桜まじ津波に耐へし高野槙

燕来る畑つくれと右左

実をつけぬされど明るき山吹は

孫や子と春の山峡山境

原発め新緑さへも悲しさう

 蝉いづこ

母の日や花束抱けば妣恋し

少しづつよみがへりたる青田かな

夕端居子に諭されてをりにけり

爺様と二人で一人夏の宿

夏草の伸びてさびしき海ばかり

ひとつづつ痛みが消ゆる避暑の宿

土用波帰らぬ友の声がする
取られずに山桃熟れてゆくばかり

隣人も友人も消え盆用意

馬鈴薯のあまりに取れてしまひけり

蓑虫の生きるも遊び風まかせ
鰯雲何も変はらず時の過ぐ

家なくも忘れずに咲く秋桜

秋彼岸いまだ帰らぬ友の魂

うつくしき芒二本を供へけり

鬼灯を吊し安全祈りたる

鰯雲秋刀魚を呼んでをりにけり

コスモスと工事車輌を数へても

次々とダンプカー過ぐ体育の日

山栗の拾はれぬまま朽ちるのか

干柿の年追ふごとに低くなり

古代米老いの夜長の物語

またひとり孫の嫁ぐや木の葉髪

千日を数へ静かな冬の海

八十路来て未だ嫁なり寒椿

冬耕や地中に残る欠片など

人の居ぬ十三浜や三十三才
雪が降る嫌なあの日がよみがへる

久々に爺様のつくる門松は

縄を綯ふ爺様の背中丸くなり

雪虫に

平成二十六年〜二十八年

平成二十六年

三度目の正月なれど淋しかり

元気だと告げるだけなり初詣

電線の鴉の映える雪景色

前進と心に言へど春遠し

豚汁の鍋で届きし涅槃雪

銀世界飢ゑてはゐぬか雀の子

捜せども泣けども友は春の海

消えぬ記憶や三月十一日

苗木市あれもこれもと迷ふのみ

春の雨いよいよ膝の痛みけり

山笑ふ娘の還暦のつひに来し

巣作りの家流されて飛ぶ燕

病む我に慌てし爺様青嵐

夏怒濤何故に憎めぬ里の海

海霧やどこで啼きをる鷗どち

夏草や自由にならぬ我が手足

子燕よ我も飛びたい走りたい
あの日から蛍も飛ばぬ里となる

強風に試されてゐし青林檎

今年また海に祈るか崖の百合

身の縮む台風報道南無阿弥陀仏

十五日あの日もぢりぢり暑かつた

流灯会ぐわんばれと言ふあと十年

夕月や波間に聞こゆ涙声

飾り置く銘菓眺めし敬老日

足しびれ敬老会と言はれても

秋彼岸進まぬ工事はや三年

高台も山も怪我して末枯るる

七代目の男の曾孫豊の秋

久々の稲穂波なり三年過ぐ

山眠る曾孫も眠る七代目

惚けないと強がり言ひし雪虫に

切干の日々やせほそりゆく定め
許しておくれ冬囲てふ束縛を

平成二十七年

初暦予定予定で重くなり

早足で去りし正月孫と子も

マフラーを首と心に二重巻き

早四年泣きて笑うて春の雪

新聞の暗きニュースに凍返る
春の雪あの日も雪が降つてゐた

みな無口海に向かうて祈る春
花筏友への便りのせてみし

久々に爺様よろこぶ草の餅

山道をダンプダンプや藤なびく

目が回るほど工事車とつばくらめ

ベッドから見る山青し滴りぬ

目覚めれば白き部屋なり朝曇
動かざる我が身かなしき夏衣

リハビリの笑顔うれしき麦の秋

目が迷ふ青田の隣麦の秋

孫植ゑし日日草の際立てり

布袋様今日も腹出し朱夏の庭

四年ぶり蟬が鳴きますぢりぢりと

炎天やB29と波の音

魂祭骨片さへもなき友ら

秋の海津波の夢のまだ続く

大雨や案山子の足をすくめゐし

山栗を焼きし炉端の恋しかり

秋の海やつと戻りし友ひとり

まぶしくて葉に隠れをる庭の柿

鰯雲我のだるさを連れてゆけ

四年半何とか出来し村祭

冬うらら社なくても神御座す

凍星や向かうの浜に明かり付く

浜に生くまたも二人で松飾る

よろけても杖と爺様と年用意

平成二十八年

初春や曾孫歩きしニュースから

賀状来る同胞十人みな元気

初雪や海が好きでもまだつらい
友訪ねしも言葉少なに落葉踏む

山眠るただ青くあり空と海

末の子が蕗味噌つれて元気かと

地獄見て生きて五年や桜咲く

あとがき

私は昭和六年に宮城県の小さな浜に生まれました。現在も生まれた土地で暮らしております。父は漁師をしており、海のものを主食のようにして育ちました。三歳の時、昭和三陸津波がありました。祖父に手を引かれ、近くの神社に逃げた私は、父と母が波の中を逃げてくるのを、神社の上から泣きながら見ていました。

チリ地震津波の時には、波が北上川（新北上川）を遡上していったために、私の浜に大きな被害はありませんでした。その後、子どもや孫に恵まれ、穏やかな老後を送っておりました。あの東日本大震災が起こるまでは、です。

あの日、高台にある我が家には地区の方々が避難しておりました。役場からも、避難所にと頼まれていました。その我が家をあの津波が襲いました。私は、波に追われながら二階に急ぎました。でも波は速く二階の部屋に入ったもののドアを閉める前に波が部屋に入ってきました。一度は波に呑まれたものの鴨居に掴まって助かりました。地区の方々はドアを閉めた部屋に居たので濡れながらも、全員助かりました。波が引いた僅かな時間に役場の方が助けにきてくれ、ずぶ濡れのまま、さらに高台の民宿に避難することができました。家は壊れた屋根と柱だけが残る瓦礫の塊となりました。

爺様（夫）は、松林の上を流されて行く家やその屋根の上から助けを求める姿を見、その声を聞いていますが、どうすることも出来なかったのです。すぐ傍の電柱が折れ、爺様自身が波に流されそうになりながら、木に摑まって何とか助かったのでした。浜のほぼ全ての家が流され、多くの命が失われ、いまだ遺骨すら見つかっておりません。昭和三陸津波の時、祖父と避難した神社は建物ごと全て流されました。

私は三箇所の避難所を転々とした後、いち早く家を直した娘の家で一年弱過ごしました。

今の土地をあきらめることができず、震災から一年以上過ぎ、市から何の通知もないことを確かめて自宅を再建いたしました。ですが、その二・三ヶ月後に崖地危険箇所に指定されてしまいました。

様々な苦しいとき俳句が支えでした。たまたま日記に書いていた俳句を娘が見て、惚け防止にと「港」に入会いたしました。今年で十年になります。

震災に際しまして、大牧広先生はじめ「港」の皆様からもたくさんのご支援をいただき感謝しております。見ず知らずのたくさんの方に助けていただきました。この場をお借りいたしましてお礼申し上げます。

また、句集上木に際しまして、佐々木静江先生の絵を装丁に使わせていただき光栄に思っております。静江先生は、娘の大親友だった故佐々木康子さん（享年五十一歳）の義理のお母様です。静江先生もまた東松島市で被災され家を流され、何も残っていないと伺っております。康子さんの思い出の品も家も家具も何もない、お墓も流されたと娘が嘆いておりました。康子さんの生きていた証を何かの形で残し、傍に置きたいという娘の願いを、この句集で少しは叶えられたと思っております。

願いを聞いてくださいました大牧主宰や「文學の森」の皆様に大変お世話になりました。改めましてお礼申し上げます。

平成二十八年五月

武山八重子

装画について

震災後石巻市のアパートに一時居たときに瓦礫の街と化した市内を一望し、当時の願いを表現したものです。平和と幸せの象徴としての太陽を描きました。太陽につつまれ、しあわせであって欲しいという願いをこめました。

佐々木静江

佐々木静江（ささき・しずえ）

1930年　宮城県牡鹿郡女川町に生まれる
1955年　宮城水彩画会　創立会に参加
1976年　河北展初入選
2001年までに「青森県知事賞」「藤崎賞」を受賞
1981年　日本水彩展会員推挙　奨励賞受賞
1991年　宮城県芸術祭展絵画の部　仙台市長賞受賞
1992年から2006年まで
　宮城水彩画会副会長、現在参与
　宮城県芸術協会運営委員

著者略歴

武山八重子（たけやま・やえこ）

昭和６年　宮城県生まれ
平成19年　「港」入会
平成25年　「港」未明集同人
平成28年　現代俳句協会会員

現住所　〒986-0201
　　　　宮城県石巻市北上町十三浜字長塩谷 10-1

句集　立《たち》葵《あおい》

発　行　平成二十八年九月四日
著　者　武山八重子
発行者　大山基利
発行所　株式会社　文學の森
〒一六九-〇〇七五
東京都新宿区高田馬場二-一-二　田島ビル八階
tel 03-5292-9188　fax 03-5292-9199
e-mail mori@bungak.com
ホームページ http://www.bungak.com
印刷・製本　竹田　登

ISBN978-4-86438-557-2　C0092